ALBERT MÉRAT

L'IDOLE

PARIS
ALPHONSE LEMERRE, ÉDITEUR
PASSAGE CHOISEUL, 47

M.D.CCC.LXIX

L'IDOLE

DU MÊME AUTEUR

LES CHIMÈRES

Poéſies couronnées par l'Académie françaiſe (*2e édition*).

En préparation :

POÊMES ET SONNETS

ALBERT MÉRAT ET LÉON VALADE

AVRIL, MAI, JUIN

Sonnets (épuiſé.)

L'INTERMEZZO

Poëme traduit de Henri Heine.

ALBERT MÉRAT

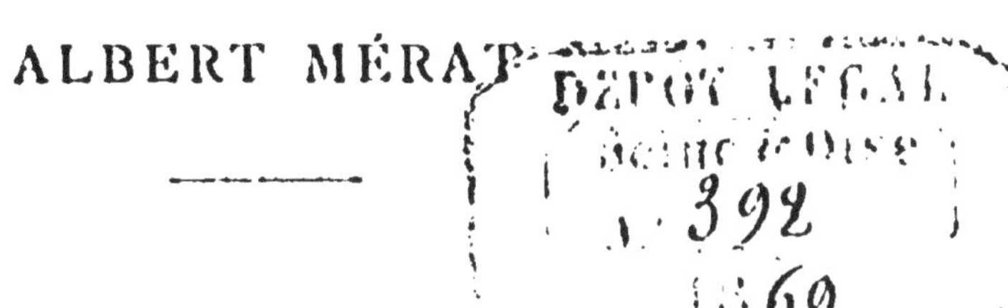

L'IDOLE

PARIS
ALPHONSE LEMERRE, ÉDITEUR
PASSAGE CHOISEUL, 47

M.D.CCC.LXIX

Corps feminin, qui tant est tendre,
Polly, souef, si precieulx...,

FRANÇOIS VILLON.

PROLOGUE

Le vieux maître excellent de l'école lombarde
N'a certes pas créé ses tableaux d'un seul jet,
Tant leur style absolu témoigne du projet
De ne confier rien à la main qui hasarde.

La Joconde n'est point parfaite par mégarde :
Il achevait les yeux, la bouche, puis songeait,
Chaque ligne en son tour logique s'allongeait.
Et l'ensemble palpite & vit & vous regarde.

A l'exemple du peintre insigne, je voudrais
Saisir tous les accents & rendre tous les traits
De la Femme, en laissant chacun une œuvre entière

Et, rattachant le tout d'un plastique lien,
Composer dans la forme, honneur de la matière,
Une grande figure au front olympien.

LE SONNET DES YEUX

Le foleil des beaux yeux ne brûle que l'été.
Plus tard il s'affaiblit; plus tôt, il faut attendre:
C'eft un rayon d'avril, pâle encor & trop tendre,
N'échauffant que la grâce au lieu de la beauté.

Au folftice de l'âge un inftant arrêté,
C'eft un feu qui ferait revivre un cœur en cendre
Une flamme dorant, avant que de defcendre,
L'épanouiffement de la maturité.

Pourtant, un jour plus doux tremble dans l'aube blanche;
On dirait que du ſein de l'ombre qui l'épanche,
Myſtérieux, il garde encore de la nuit.

Le ciel profond n'a pas dépouillé tous ſes voiles;
Parmi l'azur il ſemble oublier des étoiles,
Et dans les yeux de vierge une aube monte & luit.

LE SONNET DE LA BOUCHE

O lèvres, fleurs de ſang qu'épanouit le rire,
Frais calice du ſouffle & roſe du baiſer,
Où, malgré moi, revient mon rêve ſe poſer,
Si douces que les mots ne peuvent pas le dire

Lèvres, coupes d'amour après qui l'on aſpire,
Déſireux de l'ivreſſe & craignant d'y puiſer;
Le buveur délicat a peur de vous briſer,
Et lentement avec extaſe vous attire.

Je veux tarir ma ſoif à vos calices clairs ;
A votre humide bord irradié d'éclairs
Je boirai comme on boit à l'eau d'une fontaine.

Verſez-moi la careſſe, irritante douceur,
O lèvres ! ſouvenir, eſpérance lointaine,
Dont je veux mordre encor la fragile épaiſſeur !

LE SONNET DES DENTS

DERRIÈRE l'épaiſſeur & le pur incarnat
Des lèvres, qu'en paſſant fait palpiter l'haleine,
On entrevoit les dents découvertes à peine,
Comme une aube à travers de frais rideaux grenat.

Ce n'eſt rien qu'un rayon, un filet délicat
Dans la bouche pourprée étincelante & ſaine;
La parole les montre en blancheur incertaine;
Le rire, plus ouvert, en révèle l'éclat.

Sous la ſuavité des lèvres amoureuſes,
Attirantes auſſi, vous luiſez dangereuſes.
Voluptueuſement vous nous bleſſez un jour,

Blanches dents ſans pitié, petites dents aiguës,
Qui déchirez le rêve, & faites que l'amour
Boit les baiſers ainſi que d'amères ciguës!

LE SONNET DU NEZ

OUVERT à la fraîcheur des roſes embaumées,
Le nez, ſuite du front claſſiquement étroit,
Se deſſine un peu grand, irréprochable & droit,
Dans la convention plaſtique des camées.

La plus belle parmi les mortes bien-aimées,
Cléopâtre, la reine à qui mon rêve croit,
Avait ce nez petit dont, mieux qu'un charme froid,
La grâce fit qu'Antoine oublia ſes armées!

J'aime encore le nez des Juives, pâle & fin,
Dont la narine rose anime le confin
De la joue, & palpite & s'enfle sensuelle.

La colère le plisse & le dédain le tord,
Et l'on voit, frémissant tout entier dans son aile,
Le grand amour sans peur, sans mesure & sans tort.

LE SONNET DU FRONT

Ainsi que la lueur d'une lampe d'opale
Veillant dans une alcôve ou devant un autel,
Ainſi, rayon d'amour ou ſoupir immortel,
Le feu de la penſée éclaire le front pâle.

Ta lucide beauté ne connaît point le hâle,
Ni les molles langueurs des roſes de paſtel:
Et l'impeccable orgueil de tes lignes eſt tel
Qu'il ſaurait démentir les tortures du râle.

A la fois tranſparence & reflet précieux,
Tu ſembles répéter la lumière des yeux
Dans ta blancheur d'hoſtie & ta rigueur de pierre.

Ton étroiteſſe eſt comme un abri délicat
(Car l'âme ne luit pas toute ſous la paupière)
Qui concentre & dérobe à peine ſon éclat.

LE SONNET DES CHEVEUX

Le flot de ſes cheveux a baiſé le ſoleil :
Il en eſt demeuré rouge comme une aurore.
Il brille ſur la tête auguſte & la décore
Comme un ruiſſeau coulant dans un pays vermeil.

Les profonds cheveux bruns embaument le ſommeil ;
Les cheveux blonds ſont doux ; un miel exquis les dore ;
Mais les roux ſont plus beaux & plus puiſſants encore,
Et leur rayonnement aux flammes eſt pareil.

Ondes au cours puiſſant où mon déſir s'abreuve,
Ruiſſelez & roulez éparſes comme un fleuve,
Et faites à la chair un linceul endormant.

Je veux ſur le lit blanc des tièdes encolures,
Comme un noyé, comme un laſcif, éperdument
Plonger mes mains dans l'or vivant des chevelures.

LE SONNET DE L'OREILLE

Elles feraient la nacre au bord des coquillages
Si les nacres avaient ces humaines blancheurs;
Elles feraient le rofe & le fatin des fleurs,
Si les rofes vivaient aux barreaux des treillages.

Il femble qu'une fée, en de lointains pillages,
Ait pris leur éclat frais à toutes les fraîcheurs;
Leur coloris eft fait de toutes les couleurs,
Et la lumière y trace, exquife, des fillages.

C'eſt la volute & c'eſt la conque; c'eſt la chair
Devenue arabeſque avec ſon ourlet clair
Où préſide une loi d'harmonie ancienne;

Et vous avez, malgré la date du ſculpteur,
Des airs de curieuſe & de Pariſienne
Qui fait des mots & qui provoque le conteur.

LE SONNET DU COU

Un grain d'ambre fondant & roulant dans du lait
Ou la goutte de miel d'une abeille importune,
Un éclair de ſoleil dans un rayon de lune,
Un peu d'or ſous la peau pris comme en un filet,

Voilà les tons ſubtils du cou, ſi l'on voulait
L'avouer, que l'on ſoit blonde, châtaine ou brune.
Mais le contraſte fait la neige ſur chacune
Des épaules plus blanche, & le charme eſt complet.

Droit, il porte au repos, comme une fleur infigne,
La tête, puis fe penche onduleux; & le cygne,
S'il avait cette grâce, aurait ce cou charmant;

Puis fe renverfe avec la bouche qui fe pâme,
Et trahit, fous l'effort d'un léger battement,
Dans fa réalité le doux fouffle de l'âme.

LE SONNET DES SEINS

L'ÉCLOSION ſuperbe & jeune de ſes ſeins
Pour enchaîner mes yeux fleurit ſur ſa poitrine.
Tels deux aſtres jumeaux dans la clarté marine
Palpitent dévolus aux ſuprêmes deſſeins.

Vous contenez l'eſprit loin des rêves malſains,
Nobles rondeurs, effroi de la pudeur chagrine!
Et c'eſt d'un trait pieux que mon doigt vous burine,
Lumineuſes parmi la pourpre des couſſins.

Blanches férénités de l'océan des formes,
Quelquefois je vous veux, fous les mufcles énormes,
Géantes & crevant le moule de mes mains.

Plus frêles, mefurant l'étreinte de ma lèvre,
Vers la fucceffion des muets lendemains,
Conduifez lentement mon extafe sans fièvre.

LE SONNET DES BRAS

O la plus douce & la meilleure des careſſes !
Autour du cou deux bras enlacés ſimplement.
Premier mot du déſir, premier rêve d'amant,
Et premier abandon de toutes les maîtreſſes!

Puis vaincus & jetés parmi le flot des treſſes
Comme le fer tenace arraché de l'aimant;
A l'ombre des rideaux le long apaiſement
Des ſuprêmes langueurs & des molles pareſſes.

Et quand, l'âme & les ſens raſſaſiés, l'eſprit
Clairvoyant vous regarde, il voit & vous décrit
Relevés & pareils aux anſes d'une amphore

Du poignet nu ſans vain bracelet de métal,
Et du coude où le blanc a des rougeurs d'aurore,
A l'épaule, au parfum plus doux que le ſantal.

LE SONNET DES MAINS

BLANCHES, ayant la chair délicate des fleurs,
On ne peut pas ſavoir que les mains ſont cruelles.
Pourtant l'âme ſe ſèche & ſe flétrit par elles;
Elles touchent nos yeux pour en tirer des pleurs.

Le lait pur & la nacre ont formé leurs couleurs;
Un peu de roſe fait qu'elles ſemblent plus belles.
Les veines, réſeau fin de bleuâtres dentelles,
En viennent affleurer les plaſtiques pâleurs.

Si frêles ! qui pourrait redouter leurs careſſes ?
Les mains, filets d'amour que tendent les maîtreſſes,
Prennent notre penſée & prennent notre cœur.

Leur claire beauté ment & leurs chaînes ſont ſûres ;
Et ma fierté ſubit, ainſi qu'un mal vainqueur,
Les mains, les douces mains qui nous font des bleſſures.

LE SONNET DU VENTRE

Appuyé ſur les reins & ſur les contours blancs
Des cuiſſes, au-deſſous des merveilles du buſte,
Le ventre épanouit ſa tenſion robuſte
Et joint par une courbe exacte les deux flancs.

Les tiſſus de la peau ſont à peine tremblants
Du ſouffle qui deſcend de la poitrine auguſte ;
Et leur nubilité ſur les hanches s'ajuſte
Et s'y fond en accords ſuperbes & ſaillants.

Un enveloppement de careſſe ou de vague
En termine la grâce & deſſine un pli vague
Des deux côtés, ſur la ſolidité des chairs.

Au milieu, ſur le fond de blancheur précieuſe,
Le nombril, conque roſe & corolle aux plis clairs,
Entr'ouvre ſon regard de fleur ſilencieuſe.

LE SONNET DE LA JAMBE

Comme pâlit la joue au baiser de l'amant,
Une invisible lèvre a touché la peau rose
Aux chevilles ; le sang glorieux les arrose
Sans que leur neige en soit moins blanche seulement.

Voici qu'un peu plus haut le divin gonflement
De la chair semble un marbre où la sève est enclose.
Le genou souple règle à son gré chaque pose
Et conduit l'action du pas ferme & charmant.

C'eſt la vigueur & c'eſt l'élan des chaſſereſſes;
Ou, dans le geſte propre aux plaſtiques pareſſes,
La détente du grand repos oriental.

Et l'on ſonge à Diane, au front ceint de lumière,
Parmi ſes nymphes, près des ſources de criſtal,
La plus ſvelte, la plus ſuperbe & la première.

LE SONNET DU PIED

Je veux, humiliant mon front & mes genoux,
Prosterné devant toi comme on est quand on prie,
Sous le ciel de tes yeux qui sont ma rêverie,
Baiser pieusement tes pieds petits & doux.

J'étancherai, gardant tout mon désir pour vous,
La grande soif d'aimer qui n'est jamais tarie,
O petits pieds, trésor dont la beauté marie
La rose triomphale & claire au lys jaloux.

Vous avez des friſſons ſubtils comme les ailes;
Non moins immaculés que les mains & plus frêles,
A peine vous poſez ſur notre ſol impur.

Peureux, lorſque ma lèvre amoureuſe vous touche,
Je crois ſentir trembler, au ſouffle de ma bouche,
Des oiſeaux retenus captifs loin de l'azur.

LE SONNET DE LA NUQUE

Comme un dernier remous ſur une blanche plage
Que les flots refoulés ne peuvent pas ſaiſir,
Sur la nuque que mord le ſouffle du déſir,
Un friſſon de cheveux trace ſon clair ſillage.

Friſſon d'écume d'or, ſi vivante que l'âge
Se connaît à la voir, & qui ſemble choiſir
Les cols dont la beauté modelée à loiſir
A les perfections antiques d'un moulage.

En extafe penché, j'aurai pour horizon
L'oreille à qui l'amour porte mon oraifon,
L'oreille, bijou fait en rofe de coquille;

Et ma bouche ofera baifer l'éclat vermeil
Des minces cheveux fous brodés par le foleil,
Dont la confufion étincelante brille.

LE SONNET DES ÉPAULES

La courbe n'eut jamais d'inflexions plus douces,
Excepté quand elle eſt le ſein pur & charmant.
Elles laiſſent tomber leurs ondes mollement
Dans la ſucceſſion des lignes ſans ſecouſſes.

Une ombre d'or que font des duvets & des mouſſes!
A l'aiſſelle en finit l'épanouiſſement;
Et les ſonges légers qui viennent en aimant
Sur elles vont dormir au bord des treſſes rouſſes.

Opulentes, ſans rien qui ſente la maigreur,
Elles ont, n'étant pas ſujettes à l'erreur,
L'impeccabilité de marbre des déeſſes.

Nul voiſinage exquis n'eſt pour elles gênant!
Elles n'ont pas beſoin de faire des promeſſes,
Car elles ſont un tout ſuprême & rayonnant.

AVANT-DERNIER SONNET

Les Grecs, pour honorer une de leurs Vénus,
Inſcrivaient *Callipyge* au ſocle de la pierre.
Ils aimaient, par amour de la grande matière,
La vérité des corps harmonieux & nus.

Je ne crois pas aux ſots fauſſement ingénus
A qui l'éclat du beau fait baiſſer la paupière ;
Je veux voir & nommer la forme tout entière
Qui n'a point de détails honteux ou mal venus.

C'est pourquoi je vous loue, ô blancheurs, ô merveilles,
A ces autres beautés égales & pareilles
Que l'art même, héſitant, tremble de compoſer ;

Superbes dans le cadre indigne de la chambre,
L'amoureuſe nature a, d'un divin baiſer,
Sur votre neige auſſi mis deux foſſettes d'ambre.

DERNIER SONNET

Après les yeux, après la bouche, après l'éclat
Des cheveux, pourſuivant la grâce du poëme,
Je ne rencontrais pas une beauté ſuprême
Qu'une autre, ſans pouvoir lui nuire, n'égalât.

Mais ce ſiècle eſt menteur bien plus que délicat;
Sa pudeur a pouſſé les feintes à l'extrême.
Voici qu'il a flétri ce dernier ſujet, même
Avant qu'un ſimple trait de plume le marquât.

Donc mon œuvre sera par moi-même meurtrie :
Au lieu du nu superbe, un pli de draperie
Dérobera la suite adorable des flancs.

Encore il se peut bien qu'un vil regard indique
Ce voile, malgré soi moulant les contours blancs,
Comme une invention de Vénus impudique.

ÉPILOGUE

Mon esprit, secouant ses ailes de corbeau,
A voulu fuir le poids de l'ombre coutumière,
Et son vol a monté vers la splendeur première
Pour étreindre & fixer le poëme du beau.

Si je n'ai pas tenu sûrement le flambeau,
C'est que j'aurai tremblé, vaincu par la lumière;
Si tu n'as point surgi, déesse, tout entière,
C'est qu'au moule parfois l'œuvre laisse un lambeau.

Pourtant j'aurais voulu te dreſſer toute nue,
Blanche création de la force inconnue,
Dans le rayonnement de ta réalité;

Et j'aurais ſimplement montré du doigt ta forme
Dépaſſant, par le ſeul effet de la beauté,
Les efforts monſtrueux de la matière énorme.

TABLE

Achevé d'imprimer

LE VINGT AVRIL MIL HUIT CENT SOIXANTE-NEUF

PAR L. TOINON & Ce

à Saint-Germain

POUR ALPHONSE LEMERRE, LIBRAIRE

à Paris

PRINCIPALES PUBLICATIONS

d'Alphonse Lemerre, 47, passage Choiseul.

POËTES CONTEMPORAINS

AICARD. — ALAUX. — DE BANVILLE. — BERTRAND. — BOYER. — CAZALIS. — DE CHABRE. — COPPÉE. — DIERX. E. GRENIER. — Louise D'ISOLE. — JOLIET. — JACQUEMIN. Georges LAFENESTRE. — Laurent PICHAT. — MARC. — MÉRAT. — NELLY-LIEUTIER. — DE RICARD. — RUFFIN. Louisa SIEFERT. — SULLY-PRUDHOMME. — THEURIET. — VERLAINE.

25 volumes in-18.

Chaque volume.......................... 3 fr.

SOUS PRESSE :

Hésiode. — Anacréon. — Théocrite. — Biôn. — Moskhos. — Tyrtée. — Hymnes orphiques. — Traduction nouvelle, par LECONTE DE LISLE. 1 volume in-8°. 7 fr. 50

Imprimerie L. TOINON et C°, à Saint-Germain.

www.ingramcontent.com/pod-product-compliance
Ingram Content Group UK Ltd.
Pitfield, Milton Keynes, MK11 3LW, UK
UKHW021132230726
13926UKWH00002B/743

9 782019 138790